Beatrix Petrikowski

Die Aktentasche

Roman

Beatrix Petrikowski

Die Aktentasche

Roman

1. Auflage Juni 2016

Copyright: © 2016 Beatrix Petrikowski
Horster Straße 14, D-45964 Gladbeck

Herstellung und Verlag:
BoD – Books on Demand, Norderstedt
ISBN 978-3-7412-2638-0

Prolog

Es hätte alles so schön werden können! Über ein paar Jahre hinweg habe ich Geld auf die hohe Kante gelegt, was gar nicht einmal schwer war, denn die Gäste, die zu uns kommen, sind teilweise vermögend, um nicht zu sagen, in meinen Augen steinreich. Gemessen an meinem bescheidenen Gehalt, wohl gemerkt. Als Empfangschef ist es quasi meine Pflicht, immer auch mal nach dem Rechten zu sehen. Auf den Zimmern. Größere Geldbeträge liegen natürlich nicht einfach so in den Zimmern herum. Und selbst wenn, dann wäre ich natürlich nie so dumm gewesen, mir einen dicken Schein einzustecken. Das Verschwinden einer größeren Summe wäre schließlich sofort aufgefallen und hätte ein schlechtes Licht auf unser Hotel geworfen. Nein, ich hatte mir Zeit gelassen und immer nur aus den vorgefundenen Geldbörsen eins, zwei kleine Scheinchen an mich genommen. Das fiel bisher keinem Gast auf. Nach dem Eintausch in jeweils einhundert Euro habe ich die so gesammelten Scheine fein säuberlich gebündelt. Da hat sich über die Jahre ein hübsches Sümmchen angehäuft.

Aber dann kam dieser blöde Idiot daher und hat alles kaputt gemacht. Meinen Plan und meine Zukunft. Fuhr wie ein Wilder mit seinem Wagen die Straße entlang und riss mir beim Vorbeifahren meine Aktentasche regelrecht aus der Hand. Natürlich wollte ich mich sofort auf die Tasche stürzen, übersah allerdings dabei den Radfahrer, der mich voll erwischt hat. Und als ich wieder zu mir kam, lag ich mit einer Gehirnerschütterung und ein paar Prellungen im Krankenhaus.

Dabei hätte alles so schön werden können! Als ein schlauer Fuchs habe ich das Geld, das sich über einige Jährchen angesammelt hat, natürlich in einer unscheinbaren Aktentasche verstaut, die schon mein Vater zum Buttern mit auf die Arbeit genommen hat. Kein vernünftiger Mensch, das war mir klar, wählt eine ausgebeulte und vom täglichen Gebrauch völlig abgenutzte alte Ledertasche als Behältnis für ein Vermögen. Deshalb habe ich mich damit auf der Straße auch völlig sicher gefühlt und hatte nur noch ein Ziel vor Augen: Weit weg und egal wo auf der Welt ein neues Leben anfangen.

Ausgerechnet am Sonntag, seinem freien Tag, regnet es seit den Morgenstunden unaufhörlich. Schon gestern war wieder so ein Tag, den Heiner verflucht hat. Ausnahmsweise hatte er an einem Samstag frei, aber wie das Leben spielt, haben sich eine Menge Dinge angestaut, die erledigt werden mussten. So rannte er in der Stadt von Juwelier zu Juwelier, weil sich seine Freundin Vera zum Geburtstag ein ganz bestimmtes Armband gewünscht hat. Natürlich gab es enorme Preisunterschiede, und er hätte gar nicht sagen können, dass die teuren Armbänder unbedingt auch die waren, denen man den Preis ansehen konnte. Letztlich entschied sich Heiner aber doch für ein Schmuckstück, das ihm die Verkäuferin empfohlen hat, obwohl damit eigentlich schon seine Schmerzgrenze überschritten war. Als er endlich mit dem Geschenk nach Hause kam, reichte die Zeit nicht einmal mehr zum Wechseln der Winter- auf Sommerreifen.

Heiner sieht aus dem Fenster und blickt in eine vom Regen trostlos wirkende Landschaft. Seine Stimmung vermag dieser Anblick nicht gerade zu heben. Da fällt ihm ein, dass sie heute vielleicht wieder einmal am Nachmittag in die Sauna gehen könnten, was bei dem Wetter nicht die schlechteste Idee wäre.

„Sag mal, was hältst du davon, wenn wir heute Mittag auswärts Essen gehen? Was du für heute vorgesehen hast, kannst du auch noch morgen kochen. Ich schlage das neue Lokal in Polsum vor, von dem ich dir schon mal erzählt habe."

„Grundsätzlich habe ich nichts dagegen, aber wieso gerade in das Lokal, von dem wir nichts wissen und in dem noch keiner von unseren Bekannten war? Ich würde lieber in den *Fuchsbau* gehen, da wissen wir wenigstens, dass wir etwas Vernünftiges auf den Teller bekommen."

„Ich möchte aber mal was Neues ausprobieren. Es sollte auch nur eine Kleinigkeit sein, um den Nachmittag zu überbrücken, weil ich den gerne mit dir im Maritimo verbringen würde. Wenn wir dann abends so richtig Hunger auf etwas Deftiges haben, kehren wir meinetwegen noch in den *Fuchsbau* ein."

Von der großzügig gestalteten Saunalandschaft Maritimo in Oer-Erkenschwick und dem verlockenden Angebot, sich mittags und abends an einen gedeckten Tisch setzen zu können, muss Verena nicht lange überzeugt werden.

Auf den ersten Blick macht der Gastraum einen ganz passablen Eindruck. Heiner und Verena entscheiden sich für einen Nischenplatz, der nur von gedämmtem Licht beleuchtet wird. Nachdem beide Platz genommen haben, reicht ihnen ein Kellner die Speisekarte. Ein kurzer Blick in die Karte genügt, und Heiner entscheidet sich für ein Gericht mit einem Rindfleischsalat und einem Stück Ziegenkäse, wozu frisches Brot und diverse Dips gereicht werden. Verenas Wahl fällt auf einen leichten Salat. Über die Auswahl ihres Freundes zeigt sie sich allerdings verwundert. Als der Kellner das Essen serviert, ist sie deshalb auch nicht über seine Mimik, die Ekel beim Anblick der Speise ausdrückt, erstaunt.

„Was ist das denn für ein Käse?", will Heiner wissen und sieht dabei fragend Verena an.

„Ein Ziegenkäse, wie es auf der Karte steht. Jetzt sag' nicht, dass du etwas Anderes erwartet hast."

Naserümpfend kostet Heiner eine kleine Ecke vom Käse, womit sein Entschluss feststeht, davon nichts mehr anzurühren. Verenas Bemerkung, dass Ziegenkäse nicht gerade günstig ist, verleitet ihn dazu, den Kellner anzusprechen: „Ach, sagen Sie, wäre es vielleicht möglich, diesen Käse gegen ein Steak einzutauschen?"

Die Bedienung, die auf diesen schlechten Scherz nichts zu entgegnen weiß, lächelt nur gequält, während sich Heiner von seiner Partnerin, der das Ganze einfach nur peinlich ist, einen bösen Blick einfängt. Das frische Brot mit den undefinierbaren Cremezubereitungen schmeckt nicht schlecht, dennoch wird zumindest Heiner die nächsten Stunden mehr oder weniger hungrig und dementsprechend mürrisch verbringen müssen. Etwas mehr Grundlage hätte er sich schon gewünscht. Nachdem er dem Kellner signalisiert hat, dass er zahlen möchte, kann er sich einfach eine Bemerkung nicht verkneifen: „Wir hatten ein Wasser und eine Cola, einen Salat nach Art des Hauses und", mit einem Fingerzeig auf seinen Teller, „eine äußerst übersichtlich gehaltene Speise."

„Musste das gerade wieder sein?", fährt ihn Verena im Auto sofort an.

„Was meinst du?", fragt Heiner unschuldig.

„Du weißt genau, was ich meine", giftet sie zurück. „Kannst du diese ewigen Sticheleien nicht mal sein lassen?"

„Es gab eine Zeit, da hättest du dich darüber amüsiert."

„Und überhaupt", ihre nächste Frage, die eigentlich gar keine richtige Frage ist, schlägt wie eine Bombe bei ihm ein: „Sag mal, findest du nicht auch, dass es langsam an der Zeit ist, über eine Heirat nachzudenken?"

Das hat Heiner jetzt gerade noch gefehlt, und er muss sich schwer zusammenreißen. „Das ist jetzt aber ein krasser Themenwechsel. Wieso heiraten? Wozu sollten wir heiraten?"

„Ich dachte nur gerade"

„Und ich dachte ungerade."

„Was soll das schon wieder? Deine albernen Späße passen jetzt nicht. Wir könnten vielleicht einen Steuervorteil haben, um nur einen Grund zu nennen."

„Aber nur vielleicht, denn so lange du mitarbeitest und als Chefsekretärin genau so viel wie ich verdienst, weißt du ganz genau, dass eine Änderung der Steuerklassen absolut nichts bringt."

„Du sagst es, so lange ich mit-ar-bei-te. Aber was ist, wenn wir mal..."

„Ah, daher weht der Wind. Du meinst, wenn sich ein Kind ankündigt. Dann ist es doch immer noch früh genug und wir können heiraten. Sieh mal, ich liebe dich doch auch so, und ich sehe im Augenblick gar keine Veranlassung zu heiraten. Alles läuft doch prima und es ist gut so, wie es ist." Außerdem ist es auch viel einfacher sich zu trennen, falls man sich eines Tages nicht mehr verstehen sollte, fügt er in Gedanken für sich hinzu. Wer weiß schon, was das Leben noch für Überraschungen bereit hält? Eine Scheidung ist teuer und bedeutet jede Menge Ärger, das kennt er von einem seiner Arbeitskollegen. Wenn es nicht sein muss, will er sich nicht auch noch eine Ehe ans Bein binden.

Den restlichen Sonntag über herrscht bei den beiden erwartungsgemäß eine gedrückte Stimmung vor. Selbst die Saunagänge können sie nicht aus ihrem moralischen Tief herausholen.

Nach einer unruhigen Nacht wird Heiner am Morgen unsanft von Verena geweckt, die immer als erste aufsteht und sofort unter die Dusche springt: „Stellst du schon mal schnell die Kaffeemaschine an und machst uns einen Toast?"

„Na klar", gibt er müde zur Antwort.

Als Verena mit noch nassen Haaren und im Morgenmantel am Frühstückstisch erscheint, fällt ihm ein, dass sie heute später nach Hause kommen wird.

„Wolltest du nicht heute nach Feierabend zum Friseur und dir neue Strähnchen machen lassen?"

„Ja, das stimmt, das hatte ich vor. Aber ich habe mich anders entschieden und bleibe so, wie ich bin."

„Wie? So? Im Nachthemd?"

„Ha ha, wie lustig! Wieso provozierst du mich eigentlich immer so?"

Wütend knallt Verena die Küchentür hinter sich zu, und Heiner bleibt still lächelnd am Frühstückstisch sitzen. Als er Verena mit einer Flasche Orangensaft zurückkommen hört, will ihr Heiner behilflich sein und öffnet ihr die Tür.

„Danke, aber die hätte ich auch ohne deine Hilfe mit dem Fuß aufstoßen können."

„Das wusste ich noch gar nicht, dass man auch mit dem Fuß aufstoßen kann."

„Jetzt reicht es mir, ich frühstücke im Büro."

Das Thema Hochzeit dürfte vorläufig vom Tisch sein, ist sich Heiner sicher, und nachdem er zu Ende gefrühstückt und sich angekleidet hat, rüstet er sich für eine neue Arbeitswoche. Sein Tag als Filialleiter der Baumarktkette „Dach, Stein & Ziegel" wird auch heute so verlaufen, wie schon unzählige Tage, Wochen, Monate und Jahre zuvor: Er wird sich mit dem eintönigen Bürokram auseinandersetzen müssen, wird sich die Nöte und Sorgen seiner Mitarbeiter geduldig anhören und selbstverständlich auch zu den Kunden höflich sein. Selbst dann, wenn sie Gartengeräte reklamieren, die sie erwiesenermaßen falsch bedient und damit zerstört haben. Aber dass sie aus reiner Dummheit..., nein, diese Äußerung darf er ihnen gegenüber natürlich nicht fallen lassen. Den Mund zu halten, gehört zu seinem Job, für den er immerhin gut bezahlt wird.

Als sich an diesem ersten Tag der Woche endlich auch der letzte seiner Mitarbeiter von ihm verabschiedet hat, ist Heiner froh, alleine zu sein. Ihm geht eine Meldung der Nachrichten, die er sich in der Mittagspause meistens anhört, nicht aus dem Kopf. Da war von so einer Gruppierung in Nigeria die Rede, von der in letzter Zeit immer häufiger berichtet wird: Boko Haram. Einige der Anhänger sollen mehr als zweihundert Schülerinnen aus einem Wohnheim entführt haben. Wie krank ist das denn? Was ist das nur für eine Welt, in der wir leben. Und vor allem, wo soll das noch hinführen? Erst Anfang des Jahres die Ermittlung gegen den Politiker Edathy wegen des Verdachts auf den Besitz von Kinderpornographie. Schlimm, das alles. Und auch die schrecklichen Bilder der Eskalation auf dem Maidan fallen ihm zu allem Übel jetzt auch noch ein. Da hat sich das eigene Volk bekämpft, wie es Jahre zuvor in dem ehemaligen Jugoslawien der Fall war.

Resigniert sieht er aus dem Fenster. Ich sollte mir vielleicht noch etwas die Beine vertreten und zu Fuß nach Hause gehen, bevor ich die Höhle des Löwen betrete. Die frische Luft wird mir gut tun.

Obwohl der Frühling bereits seine Vorboten ins Land geschickt hat und tagsüber schon angenehme Temperaturen vorherrschen, kühlt es sich nach Sonnenuntergang schnell ab. Aber immerhin hat der Regen nachgelassen. Bevor es gleich auf seinem Handy klingelt und Verena wissen will, wo er wieder so lange bleibt, will er ihr zuvorkommen: „Hallo Schatz, ich mache gleich Feierabend und werde noch eine Runde drehen, um den Kopf frei zu kriegen. Der Tag war wieder anstrengend und..."

Unwirsch fährt ihn seine Lebensgefährtin mit einem sarkastischen Unterton an: „Ach, deiner war anstrengend? Bei mir war es das reinste Zuckerschlecken, weshalb ich direkt zu Hause mit der Hausarbeit weitermache. Ich will das in Zukunft mal mehr im Auge behalten, wie dich Ärmster deine Tage erschöpfen."

„Im Auge behalten musst du das nicht, mein Schatz, das tut doch weh!"

„Jetzt komm' mir bloß nicht wieder mit der Tour", fährt ihn Verena wütend an. „Damit bringst du mich auf Hundertachtzig. Aber gut, dreh' du ruhig noch eine Runde und genieß' dein Leben in vollen Zügen, während ich..."

„Ob ich mein Leben auch in vollen Zügen genießen könnte, das sei dahingestellt", gibt er ihr in gespielt ruhigem Ton zurück.

Heiner hat den Satz nicht ganz zu Ende gesprochen, da ist das Gespräch unterbrochen. Mit einem amüsierten Lächeln stellt er sich vor, wie wütend Verena den Hörer aufs Telefon geknallt hätte, wenn es sich nicht um ein modernes Smartphone handeln würde, bei dem sie lediglich wutentbrannt eine Beenden-Taste drücken muss.

Gedankenverloren, die Hände in den Manteltaschen vergraben, schlendert Heiner vom Zentrum in Gelsenkirchen-Buer die Horster Straße Richtung Beckhausen entlang. Als er von der Königgrätzer Straße in eine der Nebengassen abbiegt und gerade einen Blick in den abendlichen Himmel werfen will, wäre er beinahe über eine unscheinbare Aktentasche gestolpert. Er bückt sich und hebt die nicht gerade leichte Tasche auf, die aus einem derben Leder besteht und schon einen recht abgegriffenen Eindruck macht. Beidseitig ist sie mit einem Schloss versehen, wie er es noch von den ganz alten Koffern seiner Eltern kennt. Wirklich etwas getaugt haben die Schlösser nicht und vor allem haben sie immer geklemmt. Bei dem Gedanken, wie seine Mutter jedes Mal einen mittelschweren Anfall bekommen hat, wenn sie das Schloss mit den winzig kleinen, leicht verbiegbaren Schlüsseln öffnen wollte, kann er sich ein Grinsen nicht verkneifen.

Heiner sieht sich um und entdeckt ein paar Meter entfernt eine Bank. Nachdem er darauf Platz genommen hat, macht er sich neugierig an dem Schloss zu schaffen. Natürlich, es klemmt! War ja auch nicht anders zu erwarten. Er drückt ein wenig daran herum, zieht und schiebt und plötzlich gibt der kleine Mechanismus an einem Schloss nach. Voller Hoffnung nimmt er sich das andere Schloss vor und ist erstaunt, dass er hier weniger Mühen aufwenden muss. Ein leises „Klack" verrät ihm akustisch, was seine Augen längst wahrgenommen haben. Neugierig klappt er den ledernen Überschlag der Tasche zur Seite und wirft einen Blick auf den Inhalt. Nein, was er da sieht, kann nicht wahr sein. Vorsichtshalber schließt er seine Augen, um sich zu sammeln. Dann, geradezu angstvoll, blickt er mit weit geöffneten Augen wieder in das Innere und hält vor Schreck die Luft an. Mehrere Bündel Geldscheine lachen ihn an und lassen ihn verstummen. Ein unheimliches Kribbeln wandert seinen Rücken herab. Er sieht sich nach allen Seiten um und stellt fest, dass er nach wie vor alleine ist. Niemand ist ihm gefolgt, niemand beobachtet ihn. Zögerlich greift er in die Tasche nach einem der Geldbündel. Schon an der grünen Farbe erkennt er die Einhundert Euro Noten. Er beginnt zu zählen und kommt auf einhundert Stück, die mit einer Banderole gebündelt sind. Mensch, das alleine müssen ja schon 10.000 Euro sein, schießt es ihm durch den Kopf. Spontan macht sich ein flaues Gefühl in seinem Magen breit. Wie viele dieser Päckchen befinden sich in der Tasche? Eins, zwei, drei, ... siebenundvierzig, achtundvierzig, neunundvierzig, fünfzig. Fünfzig mal 10.000 Euro, das sind ja, das ist ja eine halbe Million! Zumindest dann, wenn die anderen Päckchen genau so viel...

Vinzenz hat wieder einmal Überstunden gemacht und für heute die Faxen dicke. Immerhin hat er als Angestellter einer Krankenkasse die Möglichkeit, durch Überstunden sein Gehalt etwas aufzubessern, nachdem ein ausgedehnter Urlaub seine Ersparnisse vollkommen aufgezehrt hat. In diesem Jahr hatte er sich endlich dazu durchgerungen, eine vierwöchige Rundreise durch Chile anzutreten: Um das über viertausend Kilometer von Nord nach Süd entlang der Pazifikküste gelegene Land bereisen zu können, brachten ihn Inlandsflüge von Santiago de Chile in den trockenen Norden mit der bekannten Atacamawüste, aber auch in den feuchten und zumeist kühlen Süden bis Feuerland. Mit dem Zug oder auch per Bus gelangte er zu den Nationalparks und imposanten Vulkanen, den fast siebentausend Meter hohen Bergen in den Anden. Wenn so eine Reise nicht Unmengen an Geld verschlingen würde, dann wüsste Vinzenz schon, wo er seinen nächsten Urlaub verbringen möchte. Dass die Reise schon allein wegen des langen und damit kostspieligen Fluges ein nicht unerhebliches Loch in sein Budget reißen würde, war ihm von Anfang an klar. Nicht ohne Grund hat er auf die Erfüllung dieses Abenteuers so lange warten müssen. Aber wenn er es nicht in diesem Jahr möglich gemacht hätte, jetzt, wo er noch ungebunden und mutig genug dafür war, wann hätte er es dann realisieren sollen?

Wenn Vinzenz allerdings an seinen aktuellen Kontostand denkt, dreht sich ihm der Magen um. Seinen Dispokredit über fünftausend Euro hat er bereits ausgereizt und die nächste Hypothekenzahlung für sein schickes Appartement mit Schwimmbadbenutzung und Sauna, das er unbedingt haben wollte, ist auch wieder in wenigen Tagen fällig. Nur, woher soll er das Geld nehmen, wenn nicht stehlen? Hätte er doch nur noch ein Jahr länger gewartet, dann hätte er auch mehr Geld für den Urlaub ansparen können. Ja, hätte er, ärgert sich Vinzenz, während er die Bürotür mit sorgenvoller Mine abschließt. Mit dem Fahrstuhl fährt er, ohne, dass ihm um diese Zeit jemand begegnet, von der neunten Etage ins Erdgeschoss hinab und atmet draußen die frische Luft tief in seine Lunge ein. Nach dem Regen genießt er den Duft frischer Erde. Ohne festes Ziel schlendert er durch die abendlichen Straßen und hofft, seine Geldsorgen irgendwie abschütteln zu können. Er muss auf andere Gedanken kommen, sonst dreht er noch durch. Am besten wird es sein, wenn er sich mit ein paar Bierchen tröstet. Spontan fällt ihm das gemütliche Bistro „Zutz" in der Rottmannsiepe ein. In dem alteingesessenen Lokal ist im Sommer meist jeder Platz in einem kleinen, abgeteilten Bereich draußen besetzt. Zielstrebig steuert er umgehend darauf zu.

Was mache ich jetzt nur mit der Geldtasche? Damit zur nächsten Polizeiwache gehen? Oder morgen die Tasche mit dem Geld im Fundbüro abgeben? Zumindest steht mir, so oder so, ganz offiziell ein Finderlohn zu. Heiner beschließt, sich auf diesen Schreck in der Abendstunde erst einmal ein leckeres Bierchen zu gönnen. Doch bevor er wieder den Rückweg in Richtung Innenstadt antritt, muss er Verena Bescheid geben, dass er sich nicht nur die Beine vertreten will. Eine Ausrede muss her – er hat noch Vorstellungstermine, die er ganz vergessen hat. Klar, das ist die Lösung und gar nicht mal ganz gelogen, nur ein wenig. Eigentlich müsste er Ralf sowieso längst gefeuert und für ihn einen brauchbaren Ersatz gesucht haben, denn so langsam und traumwandlerisch, wie der durch die Gänge in der Sanitärabteilung streicht, könnte man ihm glatt beim Gehen die Schuhen besohlen.

Bei diesem Ausspruch, den sein Großvater immer zum Besten gegeben hat, muss Heiner schmunzeln und zückt sein Handy: „Ja, ich bin's noch mal, Verena Schatz. Du, ich wollte vorhin gerade Feierabend machen, da fiel mir mit Schrecken ein, dass ich noch drei Bewerbungsgespräche zu führen habe. Der erste Kandidat kann jeden

Moment auf der Matte stehen. Es wird also später werden, rechne mal nicht in den nächsten beiden Stunden mit mir."

„Wie jetzt? Um diese Zeit, wir haben gleich halb neun, da willst du mir weiß machen, dass du noch Bewerbungsgespräche führst? Und überhaupt: Das nehme ich dir nicht ab, vergessen, solche Termine vergisst man nicht."

„Ja, ich meine nein, ich habe sie aber bei dem ganzen Stress nun mal vergessen. Hättest du mich nicht gestern mit deinem Wunsch zu heiraten dermaßen überfallen und unter Druck gesetzt, dann hätte ich auch…"

„Na toll", wird er von Verena unterbrochen, „das trifft sich ja prima. Da hast du ja einen guten Grund gefunden und kannst mir die Schuld in die Schuhe schieben. Wo auch immer du dich gleich herumtreibst, ganz sicher wohl nicht im Büro." Und schnippisch setzt Verena hinzu: „Sehen wir uns heute Abend noch oder soll ich dir lieber gleich eine gute Nacht wünschen?"

„Verena, bitte, glaubst du, mir macht das Spaß? Ich komme so schnell als möglich nach Hause, versprochen, und ja, natürlich sehen wir uns noch. Komm, jetzt spiel' nicht gleich wieder verrückt. Bald haben wir beide Urlaub und vergiss nicht, wohin es in diesem Jahr geht. Na?"

Mit dem Gedanken an die nächste Reise, einem von langer Hand geplanten Traumurlaub auf den Malediven, den sie sich so sehr gewünscht hat und für den sie sogar Mitglied in einem Tauchclub geworden ist, kann er sie besänftigen.

Puuhh, atmet Heiner aus und fürchtet, dass diese Aktion noch ein Nachspiel haben wird. Jetzt aber ab in die nächste Kneipe. Mit der rechten Hand greift er nach der Türklinke zum „Zutz", während er unter dem linken Arm geklemmt fest die Aktentasche hält. Mittlerweile kommt sie ihm so schwer vor, als enthielte sie Bleigewichte. Nach einem kurzen Rundumblick stellt er enttäuscht fest, dass es keinen freien Tisch mehr gibt. Und an der Theke will er heute nicht Platz nehmen, weil er da nirgendwo die Tasche sicher unterbringen könnte.

Schon möchte er wieder kehrtmachen, als plötzlich jemand aus der linken Ecke seinen Namen ruft: „Mensch Heiner, hallo, hierher."

Vinzenz erhebt sich augenblicklich von seinem Platz und winkt seinen alten Schulkollegen zu sich: „Hallo Heiner, schön, dich zu sehen! Mensch, so eine Überraschung! Komm, setz' dich zu mir. Ich bin alleine, wie du siehst. Wie geht es dir, und was treibst du noch so, alter Junge?"

Heiner ist völlig perplex und weiß gar nicht so schnell einzuordnen, wer ihn so freundlich begrüßt hat. Aber dann hat er plötzlich eine Erleuchtung. „Vinzenz, nicht wahr? Du bist Vinzenz von der Penne. Wir haben die letzten zwei Jahre zusammen gepaukt und müssen uns mindestens zehn Jahre nicht mehr gesehen haben. Bei dem schummrigen Licht hier hinten in der Ecke hätte ich dich nie und nimmer erkannt."

Dankbar, mit einem Kollegen ein paar Worte wechseln zu können, nimmt Heiner auf der großzügigen Eckbank Platz: „Also, mir geht es gut. Und selbst? Was machst du so? Du bist ja richtig knackig braungebrannt, das sieht ganz nach einem Urlaub aus." Und zur Bedienung, die sich gerade ihrem Tisch nähert, sagt er: „Ein Pils bitte, aber ein großes."

„Ja", geht Vinzenz lachend auf seine letzten Worte ein, „deiner Vermutung kann ich nicht widersprechen. Erst in der letzten Woche bin ich von einer Rundreise aus Chile wiedergekommen. Es war fantastisch und ich kann jedem, der es sich irgendwie leisten kann, nur dazu raten."

Dann wandert sein Blick an seinem Schulkollegen herab und er sieht ihn skeptisch an: „Sag' mal, was hältst du da eigentlich die ganze Zeit so eine alte Aktentasche auf deinem Schoß?" Und mit einem verschwörerischen Grinsen setzt er hinzu: „Da ist bestimmt eine Million drin, die du ganz streng bewachen musst!"

Doch das Lachen vergeht Vinzenz schnell, nachdem er den finsteren und verkniffenen Blick von Heiner wahrnimmt, der augenblicklich rot wie eine Tomate anläuft: „Nee, ne? Ist nicht wahr, oder? Du schleppst nicht echt eine Mille mit dir herum."

„Sprich doch noch lauter", erwidert Heiner böse und druckst weiter herum: „Nein, na ja, nicht wirklich, also doch, irgendwie schon."

Die Bedienung bringt das Pils und macht in der Eile nur schnell einen Strich auf die mittlerweile in vielen gastronomischen Betrieben übliche Verzehrkarte, bevor sie sich mit einem freundlichen Lächeln dem nächsten Tisch zuwendet.

„Was soll der alberne Quatsch von nicht wirklich, aber irgendwie schon?", flüstert Vinzenz gerade so, dass er von Heiner noch wahrgenommen wird, „ich verstehe kein Wort von dem Kauderwelsch."

Heiner holt tief Luft und gibt sich einen Ruck: „Also, als erstes befindet sich in der Tasche natürlich nicht mein Geld. Es gehört mir nicht, aber..."

„Nicht dein Geld, aber es ist viel, mehr als viel. Komm, lass dir doch nicht jedes Wort aus der Nase ziehen."

„Ja, aber nicht wieder so laut, ich meine das Sprechen, nicht das aus der Nase…" Heiner schluckt schwer: „Ja also, es ist, ob du es glaubst oder nicht, es ist eine halbe Million in dieser alten vergammelten Tasche. Euros meine ich. Und ich habe sie erst vorhin, als ich von der Arbeit kam, auf der Straße gefunden. Einfach so. Beinahe wäre ich sogar darüber gestolpert. Ich war schon fast zu Hause angelangt und bin wieder zurück in die Stadt bis hierher gelaufen, weil ich das erst mal alles in Ruhe verarbeiten muss. Überhaupt ist der Fund nur einem Zufall zu verdanken, weil ich heute nicht mit der Straßenbahn gefahren bin, denn ich wollte mir noch etwas die Beine vertreten."

Vinzenz spitzt seine Ohren und sieht seinen alten Freund ungläubig an.

„Ob du es nun glaubst oder nicht, so war es, genau so! Ich habe keine Ahnung, wieso die Tasche einfach auf der Straße gelegen hat oder wer die verloren haben kann. Extra auf der Straße abgelegt wird sie ja wohl keiner haben."

Vinzenz traut seinen Ohren kaum und sein Gehirn arbeitet auf Hochtouren. Ein leichter Schwindel überkommt ihn, und er muss sich noch einmal vergewissern: „Gehe ich recht in der Annahme, dass du schon nachgesehen und das Geld gezählt hast, ja?"

„Na klar, sonst wüsste ich doch nicht, wie viel es ist. Für wie blöd hältst du mich eigentlich? Es sind alles Hunderter. Schön ordentlich gebündelt."

Vinzenz kratzt sich an seinem Kopf, unter dem seine Synapsen augenblicklich zur Hochform auflaufen. Wie ein Blitz durchzuckt ihn ein Gedanke: Wenn er das Geld gefunden hätte, dann würde er sich einen Glückspilz nennen.

Seinen alten Freund sieht er von der Seite an und will von ihm wissen, was er nun mit dem vielen Geld anstellen will.

„Tja, weißt du, gerade darum sitze ich ja hier. Ich war und bin noch völlig durcheinander. Das Geld behalten, das war mein erster Gedanke. So eine Gelegenheit hast du nie wieder im Leben, sagte ich mir. Doch dann kamen ganz schnell die ersten Zweifel. Kann ich mit dem Geld glücklich werden, wenn es einen anderen womöglich in

Armut gestürzt hat? Schließlich habe ich keine Ahnung, wem es gehört oder wer es verloren hat. Nein, habe ich mir dann gesagt, das hast du nicht nötig, dass du dich den Rest deines Lebens mit dem Gedanken, einem anderen etwas weggenommen zu haben, herumquälst. Ich bin zwar nicht reich, wie man so schön sagt, aber immerhin Filialleiter bei der neuen Baumarktkette „Dach, Stein & Ziegel" und verdiene bestimmt auch nicht schlecht. Seit, warte mal, es müssen fast schon fünf Jahre sein, bin ich mit einer tollen Frau zusammen, Verena heißt sie, und sie hat auch eine gut bezahlte Stelle als Chefsekretärin. Also auf das Geld bin ich absolut nicht angewiesen. Aber du weißt ja, wie das ist, man will immer mehr, und wenn ich den Zaster bei der Polizei abgebe, springt immer noch eine Menge Finderlohn für mich heraus. Was sagtest du vorhin, Chile ist eine Rundreise wert? Wir fliegen in diesem Jahr erst mal auf die Malediven, aber wenn ich Verena von Chile erzähle... Komm, ich gebe einen aus, darauf müssen wir anstoßen!"

Vinzenz weiß nicht mehr, wo ihm der Kopf steht. Wenn das nicht ein Zeichen ist, dass gerade zu diesem Zeitpunkt, zu dem er selbst dringend eine Finanzspritze gebrauchen könnte, sein alter Schulkollege mit einer Tasche voller Geld seinen Weg kreuzt. Natürlich ist ihm trotz seines zunehmend alkoholisierten Zustandes klar, dass er Heiner weder darum bitten kann, ihm von seinem Finderlohn etwas abzugeben, und noch weniger wird er ihn dazu überreden können, das Geld einfach zu behalten und mit ihm zu teilen. Seine Sinne sind schon so weit benebelt, dass er Schwierigkeiten hat, einen klaren Gedanken zu fassen. Aber er muss handeln, schnell handeln, denn sobald er sich heute Abend von Heiner und damit auch von der Aktentasche getrennt haben wird, hat er seine Chance verspielt. Er muss an die Tasche, an das Geld kommen. Und das kann nur eines bedeuten: Er muss Heiner in eine Gasse locken und ihn ausschalten.

Verena wartet an diesem Abend vergebens auf ihren Lebensgefährten, den ein qualvoller Erstickungstod dahingerafft hat.

Was kostet die Welt?, lautet von nun an Vinzenz' Devise. Endlich kann er aus dem Vollen schöpfen und sich das Leben leisten, das bisher nur in seinen kühnsten Träumen stattfinden konnte. Seine Arbeitskollegen bei der Krankenkasse haben sich zwar darüber gewundert, dass er in diesem Jahr nicht nur eine kostspielige Urlaubsreise machen konnte, sondern jetzt auch noch einen schicken neuen Sportwagen mit allen Extras sein Eigen nennt: Einen Audi A5, einen Cabrio, der etwas hermacht, in elegantem schwarz, mit weißen Ledersitzen. Aber, so hat er es seinen Kollegen geschickt verklickert, seine Eltern würden ihm jeden Monat mit einer kleinen Geldspritze ordentlich unter die Arme greifen. Dass der Rubel erst neuerdings für ihn rollt, hat er mit einer erst kürzlich geschlossenen Versöhnung mit seinen Eltern erklärt. Der Witz daran ist, dass seine Eltern schon lange nicht mehr leben. Sie hatten einen Autounfall, als er gerade eingeschult wurde. Das hatte ihn damals ganz schön mitgenommen, und er litt lange an dem Verlust. Wäre er nicht von seiner lieben Tante, einer Schwester seiner Mutter, so aufopferungsvoll aufgenommen worden, dann stände er sicher heute nicht da im Leben, wo er jetzt steht. Sie hat ihm den Besuch eines Gymnasiums ermöglicht und war zu ihm wie eine Mutter. Seinen Kollegen gegenüber hat er geäußert, als Einzelkind aufgewachsen zu sein, obwohl er einen Bruder hat. Für seine Kollegen profitiert er aber heute davon, dass er großzügig bedacht wird, ohne teilen zu müssen. Da muss es doch wohl jedem einleuchten, dass er sich mit dieser finanziellen Unterstützung durchaus etwas mehr Luxus leisten kann.

Vinzenz, der sich bisher mit seinem Singledasein und wegen seines auf Frauen wenig anziehendem Äußeren mit gelegentlichen One-Night-Stands zufrieden geben musste, strebt jetzt eine feste Beziehung an. Mit seinem neuen Flitzer fällt es ihm auch nicht schwer, Eindruck auf die Mädels zu machen. Unvermittelt und völlig überraschend bieten sich ihm interessante Perspektiven und öffnen sich neue Türen. Da ist selbst der Gedanke an eine feste Beziehung durchaus in den Bereich des Möglichen gerückt, wenn er es recht bedenkt. Zu dieser Jahreszeit, da er die Vorzüge eines Cabrios so richtig auskosten kann, genießt er die neidvollen Blicke scharfer Bräute, während er ganz cool einen Arm lässig auf der Wagentür ablegt und das Steuer nur noch mit der rechten Hand hält.

Sein heutiges Ziel ist die Dortmunder Innenstadt, wo immer irgendwo etwas los ist. Er findet auch gleich einen Parkplatz am Theater. Erst einmal genüsslich eine Zigarette anstecken, ist sein erster Gedanke und lehnt sich rauchend lässig an seinen Wagen. Obwohl er sich ganz desinteressiert gibt, registriert er die Blicke einiger Mädels nur zu gut. Vielleicht sollte ich erst mal ein saftiges Steak essen und dann überlegen, wie ich den Abend verbringen werde.

Als er gesättigt wieder ins Freie tritt, hat er sich dazu entschlossen, den nur wenige Schritte vom Parkplatz entfernten Nachtclub Nightrooms aufzusuchen. Seine Erinnerungen an einen früheren Besuch waren nicht die schlechtesten und ganz besonders nicht in Punkto geile Feger.

Tamina hat den Streit mit ihren Eltern so satt! Andauernd haben sie etwas anderes an ihr auszusetzen. Wenn sie sich morgens im Bad für die Arbeit fertig machen will, dann soll das möglichst keine Geräusche machen. Aber ein Fön hat nun einmal einen gewissen Geräuschpegel, und sie mag es absolut nicht, wenn sie mit vom Schlaf zerzausten Haaren zu Dr. Krenz muss. Bei dem Internisten durfte sie schon eine Ausbildung zur Arzthelferin machen und hatte das große Glück, im Anschluss direkt eine feste Anstellung zu bekommen. Er hat sie zum einen behalten, weil sie sehr wissbegierig ist und eine schnelle Auffassungsgabe hat. Aber noch entscheidender war der Umstand, dass sich eine seiner Mitarbeiterinnen nach der Geburt ihres Kindes dafür entschied, sich in Zukunft nur noch um ihr Neugeborenes zu kümmern. So traf es sich gerade gut, dass Tamina zu dem Zeitpunkt ihre Ausbildung beendet hatte.

Die Morgentoilette ist aber nicht der einzige Grund, weshalb es immer wieder zu Auseinandersetzungen mit ihren Eltern kommt. Hauptsächlich gerät Tamina mit ihrem Vater aneinander. Dass man ihr sogar Vorschriften darüber machen will, wie sie mit ihrem Geld umzugehen hat, stört sie extrem. Wozu geht sie denn arbeiten? Doch nicht deshalb, um sich nichts leisten zu können und jeden Cent zu sparen. Sie kann das Gerede von *damals, zu unserer Zeit,* oder auch die immer gleichen Schauermärchen vom Krieg nicht mehr hören. Bis zum Erbrechen musste sie sich die alten Geschichten von den vielen Verwundeten und im Krieg gebliebenen Soldaten schon von ihren Großeltern anhören. Aber auch, wie schwer sie es damals noch nach dem Krieg hatten, und dass sie jeden Pfennig zwei Mal umdrehen mussten, weil ja auch Geld *auf die hohe Kante* gelegt werden sollte. Es ist doch nicht ihre Schuld, dass die Menscher Kriege geführt haben und die Nachkriegsgeneration Ertbehrungen hinnehmen musste. Zum Glück ist sie in eine andere Zeit hineingeboren worden, und da sieht sie es partout nicht ein, auf etwas zu verzichten. Das Leben will sie genießen, jetzt, wo sie noch jung und gesund ist. Sie denkt gar nicht daran, Geld auf ein Sparbuch zu bringen, wo es nicht einmal mehr Zinsen abwirft. Nein, das kommt gar nicht in die Tüte! Wenn sie einen schicken Fummel sieht, der ihr gefällt, dann kauft sie ihn. Ob es ihrem Vater gefällt oder nicht. Sobald sie sich einen Mann mit einem entsprechend dicken Bankkonto geangelt hat, wird sie ihrem Elternhaus den Rücken kehren.

Die Fußballweltmeisterschaft in Brasilien ist für Vinzenz im diesjährigen Sommer das Highlight. Endlich kann er sich auch einmal wieder mit seinen alten Kumpeln treffen, die natürlich auch keines der Spiele verpassen wollen. Verheiratet oder nicht, das zählt für die Fans während der Spiele im Juni und Juli nicht. Meistens bringen sie sich schon vor dem Spiel in Stimmung. Ach, ist das herrlich! Und dann die Spannung, wie Deutschland sich immer weiter nach oben spielt, erst ins Achtel-, dann ins Viertel- und schließlich sogar ins Halbfinale. Wer hätte das gedacht? Beim Endspiel gegen Argentinien erleidet nicht nur Vinzenz fast einen Herzinfarkt, auch seine Kollegen haben schon einen hochroten Kopf von den verpassten Torchancen. Und dann steht es zum Spielende immer noch unentschieden. Wie soll man die quälenden, sich wie Stunden hinziehenden Minuten überleben? Die Kronenkorken fliegen einer nach dem anderen hoch und Nikotin scheint das Allheilmittel zu sein. In der Verlängerung kommt endlich mit dem 1:0 durch Mario Götze die Erlösung. Würden die Nachrichten in diesen Tagen nicht von den Schreckensmeldungen der Ebola-Seuche in Westafrika dominiert werden, dann könnte er den Sieg der deutschen Mannschaft viel besser genießen. Aber unter den gegebenen Umständen kann er sich einfach von der Angst nicht frei machen, dass irgend so ein Blödmann die Seuche auch nach Deutschland einschleppt.

Vinzenz quält sich aber auch noch mit etwas ganz anderem herum. Bisher hat nämlich immer noch nicht die erhoffte Begegnung mit der Frau stattgefunden, mit der er den Rest seines Lebens verbringen möchte. Es hat sich zwar die eine oder andere Gelegenheit für einen netten Abend geboten, aber leider auch nicht mehr. Entweder trafen die Frauen nicht seinen Geschmack, oder sie hatten kein Interesse an ihm. Mittlerweile ist der Sommer so gut wie vorbei und die farbenfrohen Blätter an den Bäumen mit dem vielen Laub auf den Straßen kündigen den bevorstehenden Winter an. Der Jahreswechsel, der scheinbar in immer kürzeren Abständen vor der Tür steht, lässt dann auch nicht mehr lange auf sich warten. Die Weihnachtstage wird er wieder bei seinem einzigen Bruder Sven verbringen, wie in jedem Jahr. Das hat schon Tradition, aus dem einfachen Grund, weil der mit seiner Familie das Fest zu Hause feiern will. Es sind zwar für Vinzenz langweilige Tage, aber in Ermangelung einer besseren Idee ist es für ihn akzeptabel. Wenn er bei Sven und seiner Frau zu Besuch ist, außer zu Weihnachten meistens nur zu den Geburtstagen, wird er fast regelmäßig auch mit der Frage nach einer Frau konfrontiert. In seinem Alter, mit immerhin fast dreißig, wird es wirklich langsam Zeit. Dem hat er nichts entgegen zu setzen, er ist ja selbst dieser Meinung. Nur muss erst einmal die Passende gefunden werden. Das sagt sich so leicht daher, wenn man selbst in festen Händen ist. Seine Freunde sind mittlerweile alle unter der Haube und haben zum Teil auch schon eine Familie gegründet, weshalb die Zeiten der Vergangenheit angehören, in denen sie gemeinsam durch die Kneipen zogen.

Für Vinzenz steht fest, dass er sich auf jeden Fall zu Silvester unter die Menschen mischen muss. Als Stubenhocker begegnet er mit Sicherheit nicht seiner Auserwählten. Eine Option wäre das CentrO in Oberhausen, weil man dort nicht an ein Lokal gebunden ist und bleiben kann, wo es einem gerade gefällt. Dortmund wäre auch nicht schlecht. Aber da gab es doch auch noch so eine kleine angesagte Location in Gladbeck... Wie heißt die denn noch gleich? Mit Freunden war er vor zwei, oder sind es schon drei Jahre her?, zu einem Stadtfest dort. Alles ist in Gladbeck nah beieinander, überschaubar halt.

Damals stand ihnen nicht der Sinn nach einer Bratwurst, die an mehreren Ständen angeboten wurde und auch nicht nur nach einer Portion Pommes. Nein, sie wollten irgendwo etwas Vernünftiges essen. Auf der Suche sind sie direkt vom Rathausplatz auf ein Lokal zugesteuert, nur ein paar Schritte entfernt und über einige Treppen zu erreichen. Draußen standen ein paar Bänke, die bis auf den letzten Platz besetzt waren. Auch drin war es gerappelt voll. Er erinnert sich noch genau an die merkwürdige Inneneinrichtung, die darauf schließen ließ, dass es sich dabei um die ehemalige Nutzung einer Bibliothek handeln musste. Zumindest war das sein Eindruck. Aber die Nischen strahlten irgendwie eine Gemütlichkeit aus.

Verdammt, ihm will partout nicht einfallen, wie der Laden heißt. Wozu gibt es das Internet? Klar doch. Vinzenz bingt, ja er bingt und googelt nicht mehr, wie die meisten Menschen, weil er es leid ist, dieses alles an sich reißende Google-Imperium auch noch durch seine Suchen zu unterstützen, er bingt also *Restaurant Gladbeck*, das scheint ihm das Naheliegendste zu sein. Und Treffer: Da ist es, *Mundart*, in der Galerie im Rathauspark. Das muss das gesuchte Lokal sein. Wenn die zu Silvester eine Veranstaltung planen, dann muss sich darüber auch im Internet etwas finden lassen. Er loggt sich bei Facebook ein und trifft dort auch sofort auf einen entsprechenden Eintrag: Eine Party für den bevorstehenden Jahreswechsel. Ein DJ wird angekündigt, der die Charts der 80er Jahre auflegen wird. Den Gästen wird wahlweise im Vorverkauf, und der scheint bei dem erwarteten Ansturm dringend empfohlen, entweder die Eintrittskarte mit Buffet angeboten, oder man verzichtet darauf, wird in diesem Fall aber auch erst später eingelassen. Es geht Vinzenz nicht um die zwanzig Euro, die für das Buffet mehr verlangt werden, sondern vielmehr darum, dass er ja leider immer noch ohne eine Begleitung ist. Was macht das für einen Eindruck, wenn er so ganz alleine, ohne Freunde auftaucht? Aber wenn zu späterer Stunde in dem Schuppen so richtig die Post abgeht, fällt er als Single unter den vielen Besuchern nicht mehr auf. Also muss er es so einrichten, dass er in den nächsten Tagen einmal nach Feierabend oder an einem Wochenende in die Nachbarstadt nach Gladbeck ins *Mundart* geht, um sich eine Eintrittskarte zu besorgen, bevor alle vergriffen sind. Denn bei dem Preis, der mehr als fair ist, werden die jungen Leute nicht lange überlegen müssen: Für neununddreißig Euro gibt es außer einem Begrüßungsgetränk und einem Mitternachtssekt zehn Getränke zur freien Auswahl. Das zieht!

Als es endlich so weit ist, steht Vinzenz am Silvesterabend lange vor seinem Kleiderschrank und überlegt, mit welchen Klamotten er am meisten Eindruck auf die Frauenwelt machen kann. Er probiert verschiedene Outfits, aber letzten Endes hat er keine Ahnung, wie sich die anderen Gäste kleiden werden. Unter keinen Umständen will er overdressed wirken, andererseits aber auch nicht wie eine graue Maus untergehen. So entschließt er sich für einen Mittelweg und wählt eine schwarze Edeljeans von Armani und dazu als Kontrast ein weinrotes Hemd von Boss, das er an den Ärmeln lässig hochkrempelt. Mit den neuen, super bequemen und in geflochtener Optik gehaltenen Oxfordschuhen, die eine ideale Ergänzung zu seiner Jeans sind, betrachtet er sich im Spiegel und ist mit dem, was er sieht, mehr als zufrieden. Auf eine Jacke, die im schlimmsten Fall bei seinem Aufbruch nicht mehr an der Garderobe hängt, verzichtet er heute ganz bewusst, und bevor er sich ein Taxi ruft, trägt er noch einen nicht zu aufdringlichen Männerduft auf.

Anders als am Tag, wenn der Berufsverkehr die A2 zwischen Buer, seinem Wohnort, und Gladbeck lahm legt und sich die Autokolonnen nur schrittweise bewegen, dauert die Fahrt, jetzt am Abend, nur wenige Minuten. Für die Jahreszeit ist es verhältnismäßig mild und Vinzenz ist froh, dass es auf den paar Schritten von der Straße, wo er sich vom Taxifahrer mit einem großzügigen Trinkgeld verabschiedet, bis hinüber zum Rathauspark nicht regnet.

Schon beim Näherkommen hört er den Schlager der Saison, „Atemlos" von Helene Fischer, und seine Laune könnte nicht besser sein. Das ist genau der Rhythmus, der sein Blut in Wallung bringt. Ja, „Lust pulsiert auf meiner Haut", singt er in Gedanken mit, das ist genau das, was ich jetzt auf meiner Haut auch fühle. Beim Eintreten wird ihm ein Cocktailglas angeboten und augenblicklich wird er von der ausgelassenen Stimmung der Partygäste mitgerissen. In seiner überschwänglichen Laune ergreift er die Hand einer Brünetten, die zufällig vor ihm steht. In einem schwarzen, hautengen Kleid und mit hohen Stilettos sieht sie richtig scharf aus. „Komm, nimm meine Hand und geh mit mir", singt er den Text mit. Die so stürmisch Ergriffene weiß zunächst nicht, wie ihr geschieht, schenkt ihm aber dann ein augenzwinkerndes Lächeln. Ohne ein Wort miteinander gewechselt zu haben, wippen beide in stillem Einvernehmen von der Theke in Richtung Tanzfläche. Zumindest für eine Weile scheint der DJ eine Vorliebe für deutschsprachige Schlager des Jahres 2014 zu haben, worauf auch Vinzenz mit seiner neuen Flamme voll abfährt. Fast alle Stücke kennen sie, wenn auch manchmal nur den Refrain, und so singen sie auch ausgelassen mit, wenn Beatrice Egli die Zeile „Ich will dich jetzt und hier für immer" zum Besten gibt.

„Wie heißt du überhaupt?", will Vinzenz von seiner neuen Eroberung wissen, nachdem sie sich völlig erschöpft in einen ruhigeren, hinteren Bereich zurückgezogen haben.

„Tamina, und du?"

„Ich heiße Vinzenz", und wie um nach einer Begleitung Ausschau zu halten will er weiter wissen, ob sie ganz alleine hierher gekommen ist.

„Ja", gibt sie übermütig zur Antwort, „oder siehst du jemanden, mit dem du dich duellieren müsstest?"

„Das nicht gerade, aber es wäre ja auch möglich, dass du mit einer Freundin hier bist. Irgendwie ist es schon ungewöhnlich, wenn ein Mädchen ganz alleine auf eine Silvesterparty geht, oder?"

„Wie steht es denn mit dir, du scheinst doch auch alleine hier zu sein. Zumindest habe ich vorhin, als du zur Tür herein kamst, niemanden bei dir gesehen."

„Oh, du hast mich also schon vom ersten Moment an beobachtet", schmunzelt Vinzenz und fühlt sich geschmeichelt. „Bist du schon öfter hier gewesen?"

„Ja, wenn ich es einrichten kann, dann komme ich gerne hierher. Zum letzten Tanz in den Mai war ich hier und auch schon mal zu Halloween, zu so besonderen Anlässen halt, du weißt schon. Aber meinen Eltern passt das nicht, sie wissen mich am liebsten jeden Abend nur zu Hause."

„Was für eine Verschwendung!", äußert Vinzenz, wobei er provokativ seine Blicke an ihrem Körper herab gleiten lässt.

„Meine Eltern nörgeln nur an mir herum, und vor allem meinem Vater gefällt es nicht, wenn ich solche Klamotten wie die hier trage." Dabei wandern Taminas Blicke an sich selbst herunter, wobei sie besonderes Augenmerk auf ihre hochhackigen Schuhe lenkt. Etwas verschämt setzt sie hinzu: „Dann hält mir mein Vater vor, dass sich nur Nutten so kleiden würden. Mit zu kurzem Rock halt und diesen Absätzen."

„Na, ob es deinem Vater gefällt oder nicht. Ich finde, du siehst richtig klasse aus, und wahrscheinlich ist er nur neidisch, dass deine Mutter sich nie so reizvoll gekleidet hat!"

Bis in die frühen Morgenstunden haben Vinzenz und Tamina mit zahlreichen weiteren jungen Leuten ausgelassen das neue Jahr begrüßt und wollen schließlich zwei Taxis bestellen, die sie nach Hause bringen sollen. Nachdem sie allerdings festgestellt haben, dass beide in dieselbe Richtung nach Buer müssen, wollen sie sich ein Taxi teilen. Zu dieser vorgerückten Zeit ist es in den Morgenstunden kein Problem mehr, ein freies Taxi zu bekommen. Vinzenz hat die Absicht, diese reizende junge Frau unbedingt wieder zu treffen und fragt schon während der Fahrt: „Hast du schon etwas am nächsten Wochenende vor? Wenn du nicht gerade einen Job hast, der dich auch am Samstag oder Sonntag in Beschlag nimmt, könnten wir uns doch treffen. Was hältst du davon? Ich lade dich ein, zu einem schicken Essen."

Hinreißend, dieses Lächeln, denkt Vinzenz.

So ganz mein Typ ist er ja nicht gerade, denkt Tamina. Er scheint sich wohl mächtig aufgebrezelt zu haben, und wie es aussieht, sind seine Klamotten auch nicht gerade von schlechten Eltern. Aber ihm fehlt das gewisse Etwas, er hat keine Ausstrahlung und trotz seiner Freundlichkeit, die fast schon übertrieben wirkt, tut sich bei mir rein gefühlsmäßig absolut gar nichts. Aber mit ihm Essen gehen, warum nicht? Solange es beim Essen bleibt...

„Nein, ich meine ja, also nein, ich muss nicht am Sonntag arbeiten. Ich bin Arzthelferin, und zum Glück haben die ärztlichen Praxen an den Wochenenden geschlossen. Lediglich mein Chef muss in den sauren Apfel beißen und gelegentlich den Notdienst übernehmen. Um auf deine Frage zurück zu kommen, ja, wir können uns gerne zum Essen treffen. Wann und wo?"

„Hier hast du mein Kärtchen, ruf mich morgen an. Dann komm ich mal kurz bei dir vorbei und kann dir bestimmt auch schon Bescheid geben, wo ich einen Tisch reserviert habe."

Als Vinzenz am nächsten Tag vor Taminas Haustür steht, ist sie beim Anblick seines Autos völlig baff. „Wow", entfährt es ihr, „ist das dein Schlitten?"

Wahnsinn, denkt sie sich, der muss eine Menge Kohle haben. So ein heißes Gefährt zu besitzen. Dann war meine Entscheidung, die Einladung anzunehmen, wohl doch nicht so verkehrt. Dafür nehme ich sogar einen Freund in Kauf, den man nicht gerade eine Sahneschnitte nennen kann. Man muss halt Kompromisse eingehen. Mein Traumprinz ist er zwar nicht, aber es gibt noch schlimmere Exemplare.

„Komm, steig auf eine kleine Spritztour ein", muntert Vinzenz sie auf. Das lässt sich Tamina natürlich nicht zwei Mal sagen und sie genießt die Fahrt in den Ledersitzen, auch wenn es nur eine kurze Strecke ist. Sie verabreden sich für den kommenden Samstagabend. Zum Abschied will sie Vinzenz einen flüchtigen Kuss auf die Backe geben, doch er hält sie zärtlich in seinen Armen und sieht sie begierig an. Ganz langsam berührt seine Zunge zärtlich ihre Lippen, bis sie ihre Augen schließt und sie seinem fordernden Kuss nachgibt. Nach einer halben Ewigkeit hat sich Tamina von ihm losgerissen und verabschiedet. Gedankenverloren blickt Vinzenz voller Zuversicht in die Zukunft. Wenn die Kleine schon von meinem Auto so angetan ist, dann wird sie erst recht Augen machen, wenn sie meine Wohnung sieht.

Der Samstagabend verläuft für Vinzenz wie erhofft. Er hat seine neue Flamme zur verabredeten Zeit abgeholt, doch den Wagen zu Hause gelassen. Stattdessen hat er ein Taxi bestellt, das sie beide zum Lokal bringt, wo er einen Tisch reserviert hat. Tamina ist zwar darüber enttäuscht, dass er nicht mit seinem eigenen Wagen gekommen ist, versteht aber auch seine Beweggründe: Er möchte mit ihr einen rundum schönen Abend genießen, wozu er ohne ein schlechtes Gewissen zu haben eine Flasche Wein zum Essen bestellen möchte. Sie sieht ihm förmlich an, wie glücklich er ist, und er spart auch nicht mit Komplimenten, welch charmante Begleitung er heute hat. Ihm selbst ist klar, dass Tamina noch nicht all zu viel Erfahrung mit Männern gesammelt haben dürfte, was er unschwer an dem Kuss gestern Abend feststellen konnte. Deshalb will er sie auch nicht bei dem ersten Date bedrängen, obwohl es ihn natürlich schon nach mehr als nur einem Kuss gelüstet. Ihm ist immerhin klar, dass er sich etwas gedulden muss und sie nicht sofort flachlegen kann, wenn es ihm wirklich ernst ist. Und das ist es ihm bei diesem Mädchen.

Tamina verschlägt es augenblicklich die Sprache angesichts des schicken Appartements, in das er sie führt. Und natürlich lässt es sich Vinzenz nicht nehmen, ihr auch das Schwimmbad und die Sauna zu zeigen, die allen Hausbewohnern zugänglich sind.

„Was bist du eigentlich von Beruf?", will sie wissen.

Mit dieser Frage treibt sie Vinzenz unwissentlich in die Bedroille, und er weiß im Augenblick nicht so recht, was er darauf antworten soll. Natürlich könnte er ihr einen x-beliebigen Arbeitsplatz nennen, bei dem er ein entsprechendes Einkommen hätte und sich ohne weiteres diesen Lebensstandard leisten könnte. Aber das wäre keine gute Basis für eine feste Freundschaft, wie sie ihm augenblicklich vorschwebt. Deshalb, so schlussfolgert er, bleibt ihm nichts anderes übrig, als mit der ungeschminkten Wahrheit herauszurücken. Na ja, nicht ganz, sagen wir mal, mit der halben. Es versteht sich wohl von selbst, dass er ihr gegenüber nicht den Mord an seinem früheren Schulkameraden beichtet. Das geht auf gar keinen Fall.

Er ist doch kein Mörder, nur weil er jemanden umgebracht hat. Also kein Mörder im eigentlichen Sinn, womit er versucht, den begangenen Mord herunterzuspielen. Vor ihm muss sich niemand fürchten, und schon gar nicht die süße, kleine Tamina. Aber selbst, wenn sie nach dem Geständnis nicht sofort das Weite suchen würde, riskierte er unter Umständen, dass sie ihn wegen Mordes bei der Polizei anzeigt. Nein, so weit wird er es nicht kommen lassen. Stattdessen wird er ihr die Geschichte auftischen, die er von Heiner gehört hat, nur dieses Mal mit anderem Namen: Er, Vinzenz, hat das Geld, so unglaublich es für sie auch klingen mag, auf der Straße gefunden, hat erst hin und her überlegt, ob er es abgeben oder doch lieber behalten soll. Sie wird hoffentlich Verständnis dafür haben, dass er auch einmal im Leben auf der Sonnenseite sitzen wollte und sich dafür entschied, sein Leben etwas angenehmer zu gestalten. Und was die Geldmenge selbst betrifft, wird er die auch ein bisschen kleiner machen. Schließlich muss sie nicht alles wissen.

Das Glück ist mit die Doofen, denkt Tamina, als sie abends in ihrem Bett liegt und vor lauter wirrer Gedanken nicht einschlafen kann. Warum kann MIR nicht mal so etwas passieren? Wenn der Typ nicht so schei..., nein, komm, so schlecht sieht er ja auch gerade nicht aus, schalt sie sich, aber wirklich gut, so lenkt sie gleich wieder ein, nun auch wieder nicht! Ausgerechnet so ein Kerl scheint das Glück gepachtet zu haben. Nur, und jetzt gerät sie ins Grübeln, wer sagt eigentlich, dass der IMMER Glück haben muss?

Langsam, ganz allmählich, erwacht in ihr eine kleine Hexe, die einen teuflischen Plan Gestalt werden lässt. Das Zusammentreffen mit ihm deutet sie als Omen, als eine schicksalhafte Begegnung, die ihr etwas zuflüstern wollte. Es ist ihre Chance auf ein besseres Leben, sie muss sie nur ergreifen und herausfinden, wo er das restliche Geld versteckt hält. Für ihr Ziel ist sie fest entschlossen, aufs Ganze zu gehen. Unvermittelt muss sie lächeln, denn plötzlich bekommt der Ausdruck *Die Waffen einer Frau* für sie eine ganz neue Bedeutung. Mit allem, was sie an weiblichen Reizen aufzubieten hat, wird sie ihn umgarnen. Ein Gläschen Sekt, auch zwei oder mehr sollten zur Unterstützung reichen. Der Sekt wartet nur noch auf seinen Einsatz. Spätestens nach dem zweiten oder dritten Glas wird sich seine Zunge so weit gelöst haben, dass er ihr bereitwillig aus der Hand frisst. Und dann, in vollstem Vertrauen zu ihr, wird er ihr das Versteck verraten.

Nach einem in jeder Hinsicht für ihn befriedigenden Abend ist Vinzenz nicht nur in einen durch übermäßigen Alkoholkonsum ausgelösten tiefen Rausch gefallen, sondern darüber hinaus auch noch in einen nie endenden, friedlichen Schlaf. Verantwortlich dafür war ein ganz besonderer Trunk, der aus Ingredienzien, dem Arzneischrank eines Internisten entnommen, extra für ihn zubereitet wurde.

Das dürfte es wohl gewesen sein, sinniert Tamina mit Blick auf den Mann, den ihr der Himmel geschickt haben muss und der jetzt, ausgestreckt auf allen Vieren, zu ihren Füßen liegt. Es war überhaupt kein Problem, ihm das Geheimnis nach dem Versteck jener mysteriösen Tasche zu entlocken, die für sie das Tor in ein besseres Leben bedeutet. Ohne den erst vor wenigen Minuten für alle Zeiten Entschlafenen eines weiteren Blickes zu würdigen, macht sich Tamina auf die Suche, um nicht weitere wertvolle Zeit zu verlieren. Denn eine konkrete Angabe darüber, wo genau sich diese verdammte Tasche befindet, hat Vinzenz trotz seines berauschten Zustands nicht machen wollen. Bei dem Gedanken daran muss Tamina schmunzeln, denn der Begriff eines Rausches ist hier durchaus doppeldeutig zu verstehen: Zum einen hatte Vinzenz sich ganz schön etwas hinter die Binde gekippt, wie ihr Vater gerne zu sagen pflegte, und zum anderen entrückte ihn der soeben erlebte orgastische Höhepunkt in eine Welt voller Glückseligkeit, die ihn freudetaumelnd, ohne an eventuelle Folgen zu denken, drauflos plappern ließ.

Soviel Tamina von seinem Gefasel verstehen konnte, hat er die Aktentasche hinter Brettern im Eingangsbereich, sicher vor etwaigen Einbrechern, verstaut. Also kann er damit nur den Korridor gemeint haben. Ihr erster Blick fällt auf die Zimmerdecke. Enttäuscht wendet sie sich wieder ab, denn die hat keine Verschönerung durch eine Vertäfelung erfahren. Dieser Bereich dürfte somit schon einmal wegfallen. Wie sieht es mit dem Fußboden aus? Liegen da nicht, zumindest in den Kriminalfilmen, unter herausnehmbaren Dielenbrettern Waffen, geheime Unterlagen... Zu blöd, dass der Fußboden einen Fliesenspiegel aufweist. Nein, denkt sie, jetzt geht die Fantasie mit dir durch. Doch wo kann sich diese blöde Aktentasche befinden? Ihre Nervosität wächst und sie wird langsam ungeduldig. Gibt es etwa eine Geheimtür hinter der

Wand, von einer Tapete verdeckt, die auf den Ruf *Sesam öffne dich* einen Gang freigibt?

Jetzt langt es aber, ermahnt sich Tamina. Erinnere dich..., konzentriere dich..., ganz ruhig.... Wie hat er sich ausgedrückt? Hinter Brettern, im Eingangsbereich.... Außer einer Garderobe und einem Schirmständer befindet sich hier doch nur noch ein Wandschrank. Im Wandschrank? Hinter Brettern im Wandschrank, da soll die Tasche zu finden sein?

„Ach, geh mich doch wech und lass mir in Ruhe!", wirft der obdachlose Hubert einem seiner Zechbrüder entgegen. „Dein blödet Gelaber geht mich auf'n Senkel, aber so wat von, kann ich dich nur sag'n. Sieh zu, wie'e allein klar komms, aber ohne mir. Ich schlach mir alleine durch. Und ich warne dir, lass mir bloß in Ruhe, sonz mach ich dir alle, da kanns'e Gift drauf nehm!"

Hab ich dat nötich, murmelt Hubert im Weggehen, von so einem Schnösel. Nee, hab ich nich. Er vergewissert sich, dass die Flasche Korn, die er sich glücklicherweise von dem erbettelten Geld heute leisten konnte, noch in seiner Manteltasche steckt, steht auf und zieht einfach los, ohne sich noch einmal nach Kalle, wie ihn alle nur nennen, umzudrehen.

Seine Gedanken kreisen darum, wo er für die nächste Nacht unterkommen kann. In Recklinghausen soll es so ein Gasthaus geben. Aber von wegen Wirtschaft mit Bier und so, nee, schmunzelt Hubert, das muss irgendetwas mit der Kirche zu tun haben. Von einem Penner hat er mal gehört, dass die ein paar Schlafplätze haben und mittags sogar ein warmes Essen an Bedürftige verteilen. Da muss er spätestens am Abend eingetroffen sein, wenn er die Nacht nicht in der Kälte auf einer Parkbank verbringen will. Aber bis dahin sind es noch ein paar Stunden. Er wird sich rechtzeitig auf den Weg in die Kreisstadt machen. Für heute hat er erst einmal die Faxen dicke und muss sich von dem Streit mit seinem Kumpel Kalle irgendwie beruhigen. Mit der Flasche Korn unter dem Arm zieht es ihn in den nahen Stadtwald von Gelsenkirchen-Buer. Dort wird er sich auf einer Parkbank niederlassen und darüber nachdenken, wie sein künftiges Leben verlaufen soll. Aber erst einmal muss er genügend Abstand von allem gewinnen.

Vorsichtig öffnet Tamina die Tür des Wandschranks, so, als erwarte sie, jeden Augenblick von einem Monster angesprungen zu werden. Auf der rechten Seite sieht sie Vorräte an Toilettenpapier und diverse Badartikel, alle fein säuberlich aufgereiht. Links steht ein Staubsauger neben einem Besen und einem Kehrblech. Also auch wieder Fehlanzeige. Oder doch nicht? Sie sieht genauer hin und stellt fest, dass die Regalfächer auf der Seite mit den Vorräten viel tiefer sind. Zumindest, wenn sie das mit ihrem Augenmaß richtig abschätzt. Wenn das so ist, dann würde das bedeuten, dass auf der anderen Schrankseite eine Rückwand eingezogen wurde. Hastig zerrt Tamina sämtliche Utensilien aus dem Schrank und lässt sie unachtsam einfach auf den Boden fallen. Falls sie nicht alles täuscht, gibt das Brett nach, wenn sie abwechselnd links oder rechts dagegen drückt. Sie sucht nach einem Griff oder einer Möglichkeit, die Rückwand zu packen. Mit aller Kraft drückt sie gegen die rechte Seite, wobei ihr die linke Seite des Brettes etwas entgegenkommt. Zwar erst nur wenige Millimeter, aber sie zerrt aufgebracht immer weiter an dem Brett, da sie ihr Ziel in greifbarer Nähe sieht. So ein raffiniertes Kerlchen, denkt Tamina, hat ein Brett auf Maß anfertigen lassen und es einfach zwischen die Seitenwände geklemmt.

Wie von Sinnen greift sie nach der zum Vorschein kommenden Ledertasche und macht sich augenblicklich an den Verschlüssen zu schaffen, die ein wenig zu klemmen scheinen. Mist, jetzt ist ihr auch noch ein Fingernagel abgebrochen. Aber ihre Gier lässt sie dieses Missgeschick schnell vergessen, und als sie endlich den Taschenüberschlag nach hinten klappt, verschlägt es ihr die Sprache. Lauter einzelne Päckchen mit grünen Einhundert-Euro-Noten lachen ihr entgegen. Vor lauter Glück wird ihr schwindelig, und eine nie gekannte Wärme steigt in ihr hoch. Sie zählt die Scheine, die ordentlich mit einer Banderole zusammengebunden sind und kommt auf einhundert Stück. Mensch, das sind ja jeweils zehntausend Euro. Und davon gibt es gleich dreißig Päckchen, also macht das Dreihunderttausend. Tamina hält die Luft an. Das ist der Hammer! Von so viel Geld war nie die Rede gewesen. Dieser Mistkerl hat ihr nur von einem übrig gebliebenen Rest von rund einhunderttausend Euro erzählt, nachdem er sich zum Kauf seines schicker Flitzers entschieden hat. Angeblich wäre nicht mehr von dem Geld übrig geblieben. Aber das ist ja der helle Wahnsinn, so ein Haufen Geld.

Hubert genießt die Stille im Stadtwald und besonders die letzten Strahlen der zu dieser Jahreszeit schon merklich früher untergehenden Sonne. Immer wieder gönnt er sich einen Schluck von dem Korn aus der Flasche, der in seinem Inneren eine wohlige Wärme erzeugt. Nur vereinzelt führen noch Leute einen Hund an der Leine aus, wobei sie ihm einen eher abschätzigen Blick zuwerfen.

Ja, erinnert er sich, das waren noch Zeiten, als er selbst jeden Morgen vor der Arbeit mit seiner Belle, einem Golden Retriever, Gassi ging. Er und seine Frau Eva hatten Belle als junge Hündin bekommen. Ganz alleine hat er das anhängliche und äußerst intelligente Tier erzogen. Seine Belle hörte auf's Wort! Selbst, wenn er verkehrsreiche Straßen überqueren musste, war es nicht nötig, sie an die Leine zu nehmen. Oft reichten schon Blicke aus, und das Tier wusste genau, was man von ihm erwartete. Ein Prachtexemplar war seine Belle, und es brach ihm damals beinahe das Herz, als sie krank und alt geworden eingeschläfert werden musste. Zum Glück hatte er einen verständnisvollen Tierarzt, der ihm das tote Tier mit nach Hause gab, obwohl das bei ihrer Größe und ihrem Gewicht bestimmt nicht erlaubt war. Aber das war er seiner Belle schuldig. Als er sich von ihr verabschiedet hatte, schaufelte er im Garten, in einer Ecke unter einem Strauch, ein tiefes Grab. Wo ist nur die Zeit geblieben? Annähernd zwanzig Jahre liegt das jetzt schon zurück.

Zu der Zeit mussten im Ruhrgebiet auch immer mehr Bergwerke schließen, so auch Ende der 1990er Jahre die Zeche Westerholt, seine zweite Heimat. Viele Jahre hat er dort schwer geschuftet, aber er war glücklich und zufrieden. Jeder Kumpel war für den anderen da. Mit seiner Eva wohnte er in einem alten Zechenhaus in Hassel, und er konnte mit dem Fahrrad zur Arbeit fahren. Aber plötzlich hieß es Vorruhestand, mit gerade mal fünfzig Jahren. Das war wie ein Schlag ins Gesicht! Heute geht er auf die Siebzig zu, und was ist ihm geblieben? Ein dreckiges, erbärmliches Leben auf der Platte. Ja, prostet er sich selbst zu, darauf muss ich einen trinken. Er weiß selbst nicht mehr, wie es zu der Trennung von Eva kam, seiner über alles geliebten Eva. Es gab nur noch Zoff, wegen irgendwelcher blöden Nichtigkeiten. Den ganzen Tag hockten sie aufeinander und waren beide mit der neuen Situation unzufrieden. Auch gab es immer häufiger Streit, denn das Geld reichte vorne und hinten nicht mehr. Eva machte ihm Vorwürfe, weil er den ganzen Tag nur noch herumgammeln würde, anstatt sich wenigstens für ein paar Stunden einen Job zu suchen. Nee, hat er ihr klar gemacht, aber nicht mit mir. Er setzt sich doch nicht Abend für Abend in so eine blöde Spielbude an die Kasse oder schiebt womöglich noch als Nachtwächter in einem Kaufhaus die Runden. Nee, nicht mit mir! Seinen Kummer versuchte er von nun an im Alkohol zu ertränken, was dann der Anfang vom Ende war.

Tamina überlegt nicht lange, nachdem sie das Geld wieder in der Tasche verstaut hat und begibt sich damit auf den Heimweg. Vom Dickampsweg in Resse, wo jetzt leider ein Toter in seiner Wohnung liegt, bis zur Wohnung ihrer Eltern in Buer sind es durch den Stadtwald vielleicht eineinhalb Kilometer, so ihre Schätzung. Auch wenn bereits die Dämmerung eingesetzt hat, so ist sie fest entschlossen, die Abkürzung durch das Wäldchen zu nehmen. Bestimmt sind noch genügend Menschen unterwegs, da geht sie kein Risiko ein. Sie kennt hier jede Ecke, wird an Ostrops-Hof vorbeikommen, in dessen Biergarten sie als Heranwachsende mit ihrer Eltern schöne Stunden verbracht hat. Allein bei dem Gedanken an die leckeren, schmackhaft zubereiteten Gerichte läuft ihr auch jetzt wieder das Wasser im Mund zusammen. Das gleiche gilt natürlich auch für die Waldschenke, an der sie der Heimweg ebenfalls vorbeiführen wird.

Hubert hängt immer noch den Erinnerungen an die alten Zeiten nach und döst vor sich hin. Beinahe wäre er eingenickt, obwohl es jetzt, nachdem sich die Sonne bis zum nächsten Morgen verabschiedet hat, langsam auch für einen wie ihn an die Kälte gewohnten Menschen Zeit zum Aufbruch wird. Was ist das? Da treibt sich doch tatsächlich zu dieser vorgerückten Stunde, in der einbrechenden Dunkelheit, noch so ein junges, lecker Ding alleine im Wald herum. Seine erwachten Lebensgeister lassen ihn erst einmal zu seiner Flasche greifen, in der sich allerdings nur noch ein kläglicher Rest befindet, wie er zu seinem größten Bedauern feststellen muss. Nach einem Schluck, gefolgt von einem kräftigen Rülpser, ruft er Tamina mit heiserer Stimme zu: „Na, so alleine unterwegs? Dat gehört sich aber gaaa nich für so'n nettet Mäusken. Hasse keine Angst, so alleine, im finstern Wald?"

Tamina sieht irritiert zu dem Penner, der vor ihr auf einer Parkbank sitzt und bekommt es plötzlich mit der Angst zu tun. Wie konnte sie nur so blöd sein und den Weg durch den Wald nehmen? So mutterseelenallein! Sie hätte den Bus nehmen sollen oder sich sogar ein Taxi leisten können, jetzt, mit einer Tasche voll Geld. Instinktiv umklammert sie die Aktentasche fester und hält sie ganz dicht unter ihrem Arm geklemmt.

„Na", grinst Hubert breit, „wat tus'e so verkrampft deine Tasche halten? Doch wohl nich, weil'e darin nen Haufen Geld mit dir herumschleppen tus?" Der Gedanke erscheint ihm so abwegig, dass er auf der Stelle wieder laut losprustet.

Tamina fühlt das Klopfen ihres Herzens schon bis zum Hals. Sie beschleunigt ihre Schritte und wagt es kaum, sich nach dem irren Penner umzudrehen.

„Wat'e doch auf mir, nich so eilich, mein Täubchen. Ich kann dir begleiten bis nach'e Stadt, wo dich keiner mehr wat antun können tut."

Ach du heilige Scheiße, auch das noch, denkt Tamina, und rennt unvermittelt los. Nur noch weg von dem alten Knacker. Ich bin jung, da wird er nicht mithalten können. Doch in dem Punkt hat sie Hubert gewaltig unterschätzt. Augenblicklich spurtet er der jungen Frau hinterher, einfach nur so aus Spaß an der Sache. Tamina hört, wie er immer mehr zu ihr aufschließt. Panik bricht in ihr aus, und sie bekommt kaum noch Luft vom ungewohnten Sprint.

Sie hätte doch mal Konditionstraining... Ist jetzt auch zu spät. Sie müsste schreien, um Hilfe rufen. Aber sie bringt keinen Ton heraus. Fieberhaft versucht sie, sich darauf zu konzentrieren, dass sie nicht stürzt, was bei dem teilweise glitschigen Laub gar nicht so einfach ist. Verdammt, so weit war der Weg doch noch nie. Wann kommt denn endlich die nächste Biegung?

Hubert streckt schon seinen Arm in ihre Richtung aus und schätzt, sie in wenigen Schritten an der Schulter packen zu können. Was für ein Spaß! Er holt das Letzte aus sich heraus und gerade, als er ihre Jacke ergreifen will, stolpert er und macht einen Satz nach vorne, wobei er Tamina unbeabsichtigt einen kräftigen Schubs gibt. Er selbst kann gerade noch einen Sturz abwehren und kommt wieder auf die Beine, aber Tamina hat er zu Boden geworfen.

„Schuldigung", japst er, selbst noch völlig außer Atem, „dat wollte ich gez nich." Als er sieht, dass sie nur ganz ruhig daliegt und keine Anstalten macht, aufzustehen, meint er in seinem nettesten Ton: „Komm, gib mich ma dein Händken. Entschuldicht hab ich mir doch schon. Gez muss auch ma gut sein. Du muss dir gez nich tot stell'n. Wenn'e hier noch lange so liegen bleiben tus, dann holze dich noch den Tod, bei'e einbrechende Kälte inne Nacht."

Ganz vorsichtig rüttelt er an der jungen Frau, die immer noch keinen Ton von sich gibt. Völlig ratlos kniet Hubert nieder und fragt sich, für wen die jetzt auch noch so eine Masche abzieht. Bevor er beschließt, sie zunächst einmal auf den Rücken zu drehen, teilt er ihr vorsichtshalber seine Absicht mit: „Nich, dat'e gez denken tus, ich will dich anne Wäsche gehn. Nee, so einen bin ich nich."

Verdorricht noch mal, denkt er, die lässt ihre Arme so schlapp baumeln, wie eine echte Tote. Quatsch, so einen Quatsch, eine Tote ist immer echt. Bei dem Gedanken bekommt er es aber doch mit der Angst zu tun. Entschlossen packt er zu und dreht sie um. Mittlerweile ist es schon so dunkel, dass er ihr Gesicht nicht mehr richtig sehen kann. Allenfalls ihre Umrisse sind noch zu erkennen. Die Stille ist beängstigend. Kein lautes Ein- oder Ausatmen geht von ihr aus. Sie müsste doch, wie er selbst, noch völlig außer Atem sein und gierig den Sauerstoff in sich aufnehmen. Erst, als er über ihre Stirn und den Haaransatz streicht und dabei etwas Klebriges, Nasses fühlt, dämmert ihm, was hier geschehen ist. Sie muss ganz unglücklich mit dem Kopf auf einen Stein oder einen anderen harten Gegenstand aufgeschlagen und auf der Stelle tot gewesen sein. Ohne, dass er es wollte, hat er einen Menschen umgebracht. Einen jungen Menschen dazu. Einen, der ihm gar nichts Böses wollte. Fassungslos kniet er noch immer auf dem feuchten Boden. Was geschehen ist, kann er nicht mehr ungeschehen machen. Tot ist tot, so ist das nun einmal. Es hilft alles nichts, er muss weiter. Weiter bis zum Busbahnhof in Buer. Wenn er einen Fahrschein hätte, was aber leider wieder einmal nicht der Fall ist, könnte er auch von der Haltestelle an der Waldschenke aus fahren. Mehrmals stündlich fährt von dort die Buslinie 249 direkt bis nach Recklinghausen. Aber wenn so einer wie er, in abgetragener und ungepflegter Kleidung an der Haltestelle steht, hat er ohne gültigen Fahrschein keine Chance. Ganz anders am Busbahnhof, wo die Menschen meist dicht gedrängt anstehen. Da fällt er kaum auf und kann sich im Schutz der Menschenmassen in den Bus mogeln.

Sein Entschluss steht fest. Etwas wackelig will er aufstehen und sucht nach einem Halt. Mit seinem Arm stützt er sich ab und fühlt dabei einen festen Gegenstand. Einen kurzen Augenblick denkt er nach dann entsinnt er sich der Aktentasche, die er bei der jungen Frau gesehen hat. Was seine Hände fühlen, ist eindeutig Leder. Also muss es tatsächlich die Tasche sein. Ungewöhnlich, denkt er, dass eine Frau mit so einer Tasche unterwegs ist, die garantiert kein Handtäschchen ist. Hier im Dunklen einen Blick hineinzuwerfen, bringt nichts. Und sie einfach hier neben der Toten liegen lassen? Es ist spät und Hubert muss endlich weiterkommen. So entschließt er sich kurzerhand, die Tasche an sich zu nehmen Zu ihm passt sie ohnehin viel besser als zu dem hübschen, jungen Ding und vielleicht kann er sie ja noch einer nützlichen Verwendung unterziehen.

Als er endlich im Bus Platz genommen hat, reizt ihn der Gedanke, die Tasche zu öffnen und nachzusehen, was sich darin befindet. Aber nachdem er sie bei Licht genauer unter die Lupe nehmen konnte, hat er seine Meinung geändert. Was kann in so einer abgewetzten Tasche schon Bedeutungsvolles sein? Dem Gewicht nach zu urteilen wird sie höchstens ein paar belanglose Bücher beherbergen, mit denen er ganz sicher nichts anfangen kann. Die junge Frau war vielleicht eine Studentin und hat darin ihre Unterlagen für die Universität verstaut. Na ja, ihr nutzen die Papiere jetzt auch nichts mehr. Schade um das junge Ding, geht es ihm noch durch den Kopf, bevor er sich dem Schaukeln und eintönigen Surren des Busses hingibt und etwas döst.

Rechtzeitig erwacht Hubert aus seinem Halbschlaf, und er verlässt an der Endstation in Recklinghausen den Bus. Langsam zieht er weiter Richtung Innenstadt, wo jetzt nur noch wenige eilige Passanten an ihm vorbeihuschen. Am Marktplatz versucht er sich zu orientieren, weiß aber nicht, wohin er sich wenden soll.

„Schuldigung", spricht er ein junges Paar an, „zum Gasthaus will ich. Wo könnte…", weiter kommt er nicht, da ihn die junge Frau sofort unterbricht: „So siehst du auch aus, du Penner, dass du in ein Gasthaus willst!" Und lachend entfernt sich das Paar wieder.

Hubert unternimmt einen neuen Versuch bei einer älteren, eher ärmlich gekleideten Frau: „Schuldigung die Störung. Können Se mir bitte sagn, wie ich nach dem Gasthaus kommen kann?"

Die Frau mustert den Fragenden von oben bis unten und nickt wissend: „Sie meinen bestimmt das Gasthaus neben der Gastkirche in der Heilig-Geist-Straße und dem angrenzenden Gymnasium Petrinum. Meinen Sie das?"

„Ja, dat müsste et sein."

„Dann gehen sie einfach die Fußgängerzone da entlang", wobei sie ihm mit der Hand freundlich die Richtung weist, „und bei C & A biegen Sie nach links. Nur ein paar Meter, dann sehen Sie schon rechts die Gastkirche und links das Gasthaus."

„Danke, vielen Dank!"

Nachdem ihm ein freundlicher Ordensbruder zum Glück noch einen Platz für die Nacht im Gasthaus zuweisen konnte, überwiegt Huberts Neugier, was sich nun in der Tasche verbergen mag. Zunächst macht er sich an den beiden Schlössern zu schaffen, wovon das eine etwas schwergängig ist und leicht klemmt. Doch dauert es nicht lange, da gibt auch dieses Schloss mit einem leisen Klacken nach und springt auf. Hubert klappt den ledernen Überschlag zur Seite und starrt gebannt auf das, was er kaum zu realisieren vermag. Mit geweiteten Augen und offenem Mund blickt er eine gefühlte Ewigkeit in die Tasche. Das kann doch nicht wahr sein, nichts als Geldscheine, lauter Hunderter, ordentlich gebündelt! Mein lieber Herr Gesangsverein, geht es ihm durch den Kopf. Er ist im Besitz einer Menge Geld, eines Vermögens!

Hastig klappt er die Tasche zu, so als fürchte er, dass der Inhalt sich eigenmächtig auf und davon machen könnte. Zur Sicherheit stopft er sie unter sein Kopfkissen, weil da immer alles Wertvolle deponiert wird. In den Filmen haben die Ganoven da auch immer ihre Waffen versteckt, oder doch nicht? Schweißperlen bilden sich auf seiner Stirn, und er kommt ins Grübeln. Woher mag das junge Ding so viel Geld gehabt haben? Hat es ihr überhaupt gehört? Wohin wollte sie damit? Wenn er auch die genaue Summe noch nicht kennt, so ist ihm schon einmal klar, dass es mehr sein muss, als er jemals in seinem beschissenen Leben sein Eigen nennen durfte. Die Kleine, Gott möge ihrer Seele gnädig sein, muss ihm direkt der Himmel geschickt haben! Er wird nicht mehr als Bettler umherziehen müssen und zum Abschaum der Gesellschaft gehören. Mit dem Geld kann er ein neues Leben beginnen. Noch mal von ganz vorne anfangen. Er könnte sich endlich wieder eine Wohnung mieten, regelmäßig ein heißes Bad nehmen, wenn ihm danach ist, im Winter im Warmen sitzen. Zumindest für eine bescheidene Einrichtung würde die Summe bestimmt reichen und vielleicht sogar für einen Fernseher. Die halbe Nacht liegt er wach, malt sich sein zukünftiges Leben in rosaroten Farben aus und schmiedet Pläne, bis er selig in einen tiefen Schlaf gleitet.

Am nächsten Morgen verlässt Hubert das Gasthaus, nachdem er sich einige Geldscheine in seine Hosentasche gesteckt hat. Sein erster Gang führt ihn nach Karstadt, weil er sich dort von Kopf bis Fuß neu einkleiden kann. So tauscht er die ersten Geldscheine gegen ein anständiges Paar Schuhe, Unterwäsche, zwei Paar Hosen, ein Hemd, zwei Pullis und eine schöne warme Winterjacke. Die skeptisch blickende Dame an der Kasse bittet er sogleich darum, doch bitte die Preisschilder zu entfernen, woraufhin er sich in einer der Kundentoiletten seiner abgetragenen Kleidung entledigt und sich der neu gekauften Kleidungsstücke bedient. Beim Anblick in den Spiegel kann sich Hubert ein Grinsen nicht verkneifen. Er nickt seinem Spiegelbild aufmunternd zu, da er weiß, wohin ihn sein nächster Gang führen wird. Bei einem Friseur lässt er sich nicht nur seine ungepflegten Haare waschen und schneiden, was er schon sehr genießt, sondern bittet auch gleich noch um eine anständige Rasur. Zufrieden mit seinem neuen Erscheinungsbild gibt er dem jungen Mann ein großzügiges Trinkgeld. In seinen neuen Sachen fühlt er sich blendend und fährt stolz mit dem nächsten Bus wieder zurück nach Buer, wo er sich einfach besser auskennt.

Unterwegs macht er sich darüber Gedanken, dass er schlecht mit dem Wulst an Einkaufstüten in ein Hotel marschieren kann, weil das auf jeden Fall jeden Empfangschef misstrauisch stimmen muss. Hotelgäste kommen in der Regel mit einem Koffer oder einer Tasche. Da er beabsichtigt, zumindest die nächste Nacht in einem richtigen Hotel zu verbringen, weiß er schon, was ihm noch fehlt. Als er wieder am Busbahnhof aussteigt, dieses Mal allerdings nicht, wie am gestrigen Tag, als Schwarzfahrer, hat er bereits den Entschluss gefasst, sich bei Droste einen kleinen Koffer zuzulegen. Der alteingesessene Laden liegt direkt in der Fußgängerzone, auf der Hochstraße, und da haben schon seine Eltern eingekauft. Die Entscheidung fällt ihm nicht schwer, als eine freundliche Bedienung ihm einen schicken Koffer, den man heute Trolley nennt, mit leisen Gummirollen und einem höhenverstellbaren Teleskopgriff zeigt. Darin verstaut er sogleich seine Kleidungsstücke, wie auch die abgegriffene Ledertasche, ohne die er sich diesen Wohlstand gar nicht leisten könnte. Die erstaunten Blicke der Verkäuferin ignoriert er geflissentlich. Als sein Blick auch noch auf die angebotenen Geldbörsen fällt, bittet er darum, ihm eine Auswahl vorzulegen, denn ihm ist plötzlich die Peinlichkeit zu Bewusstsein gekommen, wenn er mangels eines Portemonnaies überall beim Bezahlen nur die Geldscheine aus seiner Hosentasche zieht. Wenige Sekunden später wird er Zeuge, wie ihn die Dame hinter der Theke irritiert ansieht, weil genau das jetzt geschieht.

„Mein Portemonnaie hab ich verlorn, deshalb dat neue, müssen Se wissen", gibt er kurz eine Erklärung zum Besten und verabschiedet sich höflich.

Wieder in der Fußgängerzone stehend überlegt er einen Moment, wie es jetzt weitergehen soll. Spontan entschließt er sich zu einer kleinen Stärkung in einem Stehcafé. Er beobachtet die vorbeihuschenden Menschen, die er heute, als feiner Mann in sauberer Kleidung, mit ganz anderen Augen sieht. Wie sich das Leben doch ändern kann. Nun gilt es, nach vorne zu blicken. Um sich in Ruhe über seine Zukunft Gedanken machen zu können, wird es Zeit, ein Hotel aufzusuchen. Wenn er sich recht erinnert, ist er vorhin auf dem Weg vom Busbahnhof zur Fußgängerzone an einem Hotel vorbeigekommen. Die günstige Lage spricht für diese Wahl, und so macht er sich dorthin auf den Weg.

„Guten Tag, der Herr, was kann ich für Sie tun?", fragt ihn der Empfangschef. Da sieh an, denkt sich Hubert schmunzelnd, steckt in dem alten Spruch *Kleider machen Leute* doch ein Fünkchen Wahrheit. Kaum hat man das Geld für einen ordentlichen Haarschnitt und gepflegte Kleidung, da verwandelt sich der Penner in einen feinen Herrn.

„Ein Zimmer hätt ich gern. Mit Dusche!", verlangt er in seinem besten Hochdeutsch.

„Aber natürlich mit Dusche. Wir haben gar keine Zimmer ohne eigenes Bad. Soll es nur für diese eine Nacht oder für länger sein?"

„Ähhh", äußert sich Hubert erst einmal, denn darüber hat er noch gar nicht nachgedacht. „Ich muss mich das noch überlegen. Es könnte sein", und dabei hebt er das Wort *könnte* betont hervor, „dass ich einige Tage hier verbringen will. Aber erst einmal, na, sagn wa ma für zwei oder drei Nächte. Wat, ich meine, was kostet denn so eine Nacht?"

„Unsere Einzelzimmer mit Bad, Telefon und TV kosten fünfundvierzig Euro die Nacht. Darin enthalten ist unser reichhaltiges Frühstücksbuffet. Wenn Sie aber darauf verzichten wollen, räumen wir Ihnen einen Preisnachlass von fünf Euro ein." Abwartend sieht der Empfangschef auf seinen Gast, der zögernd mit dem Kopf eine Verneinung andeutet: „Nee, nee, dat, ich meine, das hätte ich selbstverständlich schon gerne, das Frühstück."

„Gerne." Der Empfangschef macht sich eine kurze Notiz und fährt fort: „Zum Haus gehört ein eigener Parkplatz, und die Lobby verfügt über kostenloses WLAN. Wenn Sie…"

„Nein, danke, ich bin mit", Hubert stockt, denn er will nicht Bus sagen, „öffentlichen Verkehrsmitteln angereist", vollendet er stolz.

Endlich hält Hubert den Zimmerschlüssel in der Hand, was für ihn ein ganz besonderer Augenblick ist. Wie lange ist es her, dass er einen Zimmerschlüssel in den Händen gehalten hat? Er fährt mit dem Aufzug in die zweite Etage, wie es ihm empfohlen wurde. Den neu gekauften Koffer hinter sich herziehend, erreicht er sein Zimmer und tritt ein. Ihn überkommt ein überwältigendes Gefühl, denn es ist eine Ewigkeit her, dass er in einem richtigen Bett schlafen durfte. Mit geschlossenen Augen nimmt er den

Geruch wahr, die von der sauberen Bettwäsche ausgeht. Glück muss man haben! Dieser Gedanke schießt ihm durch den Kopf, wobei er sich der ledernen Aktentasche entsinnt, deren Inhalt er bis jetzt noch gar nicht genau erfasst hat. Auf dem Bett lässt er sich nieder, öffnet die Tasche und schüttet den Inhalt aus. An diesen Anblick könnte man sich gewöhnen, grinst er vor sich hin. Die Einhundert-Euro-Scheine belässt er in den Banderolen, mit denen sie zusammengehalten werden, und beginnt zu zählen. Genau einhundert Scheine sind in einem Päckchen. Einhundert Scheine! Dann sind das ja, einhundert mit zwei Nullen dran, also tausend, nein zehntausend Euro. Verdammte Hacke! Und das ist nur ein Packen. Aber davon gibt es eins, zwei, drei…achtundzwanzig, neunundzwang, drei… nein halt, der letzte ist ja nicht mehr ganz vollständig. Ein paar Scheine hat er davon für neue Klamotten und den Koffer ausgegeben. Trotzdem, fast dreißig Päckchen. Er rechnet: zehntausend Euro mal drei, macht schon mal dreißigtausend, da jetzt noch eine Null dran, ergibt Dreihunderttausend! Oder fast, um genau zu sein.

Hubert kann sein Glück immer noch nicht fassen. Was kann man alles mit so viel Geld anstellen? Eine Wohnung anmieten war gestern sein erster Gedanke. Aber zu dem Zeitpunkt hat er noch nicht ahnen können, dass es sich um so viel Geld handelt. Da sieht die Sache schon wieder ganz anders aus. Hat er nicht immer schon da wohnen wollen, wo es schön warm ist? Am Meer, im Süden, in Spanien oder Italien. Aber wie soll er sich in diesen Ländern verständigen? Er könnte nicht einmal eine Wohnung anmieten, wenn er die Sprache nicht beherrscht. Und einen Kurs bei der Volkshochschule, nee, geh mich wech! Gerade mal in Österreich sprechen sie meine Sprache, aber Österreich? Entweder müsste er dort zu den Kraxelhubern, mit denen er nun mal gar nichts am Hut hat, oder er müsste sich mehr in die Richtung von Wien wenden. Aber da dürfte es nur so von Leuten alias Hans Moser wimmeln. Nein, das passt auch nicht. In die Schweiz? Nein, da sind ja auch nur Berge. Dann wird er als altgedienter Bergmann wohl doch im Pott bleiben müssen. Nach dem Motto: Alte Bäume verpflanzt man nicht. Doch wo genau er seinen Lebensabend verbringen wird, das will er sich noch in Ruhe durch den Kopf gehen lassen. Morgen ist schließlich auch noch ein Tag.

Allerdings ahnt er zu diesem Zeitpunkt noch nicht, wie schnell ihm die Entscheidung bezüglich seines letzten Wohnsitzes abgenommen wird. Zunächst fasst er den Beschluss, auf sein Glück mit einer Flasche Sekt anzustoßen. Den billigen Fusel, mit dem er sich in den letzten Jahren vom erbettelten Geld zufrieden geben musste, hat er schließlich nicht mehr nötig.

Aus gegebenem Anlass greift er zum Telefonhörer und klingelt bei der Rezeption an: ‚Äh, könnte ich bitte eine Flasche Sekt auf mein Zimmer bekommen?"

Ja, denkt er, so hört sich einwandfreies Deutsch an, es geht doch!

„Aber selbstverständlich, der Herr. Darf es ein eher trockener Sekt sein oder gar eine Flasche Champagner?"

Trocken?, fragt sich Hubert im Stillen, was meint der denn damit?

„Ich will keine großen Umstände machen", kurz stockt er, „Champagner hört sich gut an. Den nehme ich, ja."

Der Empfangschef fährt sich mit einer Hand durch seine Haare und denkt sich angesichts des sonderbaren Gastes seinen Teil. Wenn *der* Mann schon einmal Champagner getrunken hat, fresse ich einen Besen! Er sieht auf die Uhr. Seine Angestellte dürfte sich gerade auf den Feierabend vorbereiten. Also wird er selbst eine gekühlte Flasche aus dem Kühlschrank holen, mit einem Glas auf ein Tablett stellen und dem Wunsch des Hotelgastes nachkommen.

Wie es sich gehört, klopft der Empfangschef an die Zimmertür.

Hubert ist natürlich nicht so dumm gewesen und hat die Geldscheine längst wieder in der alten Tasche verstaut. Es muss ja nicht gleich jeder sehen, wie viel Geld er bei sich hat. Lässig schlendert er zur Tür und öffnet sie.

„Bitte sehr, der Herr, die gewünschte Flasche Champagner."

Der Empfangschef will die Flasche mit dem Tablett auf einem kleinen Tischchen abstellen, da fällt sein Blick auf die Tasche, die immer noch auf dem Bett liegt. Seine Gedanken kreisen, und ihm dreht sich der Magen um. Er fixiert die Tasche, die der alten Aktentasche seines Vaters verdammt ähnlich sieht. Die Tasche, die er immer zum Buttern mit auf die Arbeit nahm. Kalter Schweiß bricht dem Empfangschef aus, sein Herz pocht wie wild und er hat ein Gefühl, als drehe ihm jemand die Luftzufuhr ab. Denn er sieht noch etwas, ein winziges Detail nur, aber ihm brennt es sich regelrecht ins Gehirn: Der Griff weist Einkerbungen auf. Allerdings nicht solche, wie sie durch einen jahrelangen, bestimmungsgemäßen Gebrauch entstehen. Nein, er selbst hat sie als Kind mit seinem Taschenmesser da hinein geritzt und wurde deshalb von seinem Vater mächtig versohlt. Ohne Zweifel, es handelt sich um seine Tasche. Seine Tasche, die ihm ein verrückter Autofahrer aus der Hand gerissen hat und bei dessen Bergungsversuch er von einem Radfahrer angefahren wurde.

Der Augenblick des Glücks hielt für Hubert nicht lange an, gerade einmal einen Tag hat er es auskosten können. Auf der anderen Seite muss er sich in den nächsten Stunden nicht mehr seinen Kopf darüber zerbrechen, wo er seinen Lebensabend verbringen will, denn sein letztes Stündlein hat bereits geschlagen!

Epilog

Der Empfangschef starrt auf den leblos daliegenden Gast und fühlt sich von der unerwarteten Wendung, die dieser Abend genommen hat, völlig überrumpelt. Für Geld ist er zum Mörder geworden. Fassungslos sieht er auf die Aktentasche, seine Tasche. Zuvor gehörte sie seinem Vater, und seine Mutter hat sie an ihn, den Sohn, weitergereicht. Er weiß noch ganz genau, wie sein Vater zur Arbeit aufbrechend die Tasche in einer Hand schwenkte und sich dabei von der Mutter und seinem kleinen Sohn verabschiedete.

Doch genug der alten Erinnerungen: Hastig zerrt er an den Schlössern, reißt die Tasche auf und ein kurzer Blick in ihr Innenleben genügt ihm, um zu erfassen, dass noch genug Geld für ihn übrig geblieben ist. Mit seinem in der Zwischenzeit neu angesammelten Betrag kann er sich endlich von seinem eintönigen Leben verabschieden. Ohne zu zögern, packt er die Tasche, hastet ins Erdgeschoss, zieht sich seinen Mantel über, verlässt das Hotel, fährt nur kurz zu Hause vorbei, um das restliche, in einer Kulturtasche versteckte Geld abzuholen und begibt sich auf direktem Weg zum Düsseldorfer Flughafen, wo er in das nächstbeste Flugzeug steigt. Egal wohin, nur schnell und weit weg. Irgendwo auf der Welt beginnt für ihn ein neues Leben.

Über die Autorin

Beatrix Petrikowski wurde 1957 in Gelsenkirchen-Buer geboren. Sie hat drei erwachsene Kinder und lebt heute mit ihrem Ehemann in Gladbeck. Seit 2011 schreibt sie regelmäßig Buchrezensionen, die in dem Blog BuchAviso veröffentlicht werden. Gelegentlich führt sie Interviews mit bekannten Autoren und hält Lesungen ab. Für die Recherchen zu ihrem ersten Buch „Was geht unter Tage ab?" durfte sie mit den Kumpeln täglich für eine Woche unter Tage einfahren, während sie für ihr zweites Buch „Was geht im Operationssaal ab?" Informationen direkt im Barbara-Hospital in Gladbeck sammeln durfte. Es folgten zwei gemeinsame Werke mit ihrem Ehemann: „Damals auf Graf Moltke" und „Bergmannsfrühstück". Inzwischen hat sie auch ihr erstes Kinderbuch „Mein Opa war Bergmann" und einen Roman veröffentlicht, dessen Titel „Meine Frau kommt mit ihrem Mann" schon reichlich Fragen aufwirft, sowie das Buch „Ein Kind des Ruhrgebiets" mit Kurzgeschichten, von denen einige in Anthologien vertreten sind.